Leah Maschek

Vorhang auf!
Das Theater des Löwen

Copyright: © 2017: Leah Maschek
Lektorat: Erik Kinting – www.buchlektorat.net
Umschlag & Satz: Erik Kinting
Titelbild: © Сергей Мироненко (fotolia.com)

Verlag und Druck:
tredition GmbH
Halenreie 40-44
22359 Hamburg

Bibliografische Information der Deutschen Nationalbibliothek:
Die Deutsche Nationalbibliothek verzeichnet diese
Publikation in der Deutschen Nationalbibliografie;
detaillierte bibliografische Daten sind im Internet
über http://dnb.d-nb.de abrufbar.

Teatro del Leone stand in goldenen Buchstaben über der Eingangspforte. Es war ein passender Name, denn die Gemäuer des alten Theaters hatten im untergehenden Sonnenlicht dieselbe Farbe wie die Mähne eines Löwen. Sogar die Wildheit des stolzen Tieres schienen die zerklüfteten Mauern in sich zu tragen, in den Rillen und Furchen der Steine, die einst von den Römern übereinander geschichtet wurden. Im leisen Rauschen des Windes war es, als würden die Stimmen der Erbauer wieder lebendig werden, das Ächzen und Stöhnen der Männer, welche die schweren Lasten und Materialien den Berg hinauftrugen. Pferde wieherten und Stimmen schallten durch die Luft, teils lateinisch, teils altgriechisch.

Das alles dauerte nur einen Augenblick, dann kehrte wieder Ruhe ein und hinterließ nur den Eindruck eines kurzen Tagtraumes.

Luna legte die Hand auf die rauen Flächen der Mauer und sah ins Tal hinab. Es war ein fantastischer Ausblick. Ein grüner Teppich aus Obstplantagen breitete sich bis zu der Stadt Catania aus, dazwischen tauchten immer wieder Hütten und Häuser auf. Manche waren Ruinen, die genau wie das Theater vor sehr langer Zeit errichtet wurden und deren Bewohner längst nicht mehr auf Sizilien weilten. Noch ein Stück hinter Catania waren das Meer und die Küste zu sehen, die sich irgendwo im Dunst verloren. Dort drüben dämmerte es bereits, denn der Sonnenuntergang fand genau gegenüber statt, auf der anderen Seite des Theaters. Über all dem schien der Ätna zu wachen, der Vulkan, aus dem eine feine Rauchsäule aufstieg.

Luna hätte noch länger in diesem Ausblick verweilen können, doch die Zeit drängte. Der Aufstieg hatte länger gedauert, als sie gedacht hatte, und es gab noch viel zu erledigen. Sie griff in die Tasche, in der sich neben einem Notizblock, einem Stift und einer Kamera auch noch ein Schlüssel befand. Es war ein alter Schlüssel, bestimmt genauso rostig und alt, wie das Tor aussah, doch er passte. Das schmiedeeiserne Tor sprang auf und gab knarrend und ächzend den Weg frei.

Sie trat betrat nun den gewölbten Tunnel, an dessen Seiten sich steinerne Sitzbänke befanden. Wie unheimlich es doch war, allein in diesem verlassenen Theater zu sein und dabei zu wissen, denselben Weg nachts wieder zurücklaufen zu müssen. Doch Decio, der Mann, von dem Luna den Schlüssel bekommen hatte; war sich sicher, dass die Glühbirnen im Saal noch funktionieren würden. Die Römer hatten damals Fackeln und Kerzen benutzt, um die Nacht zum Tag zu machen, doch Anfang des 20. Jahrhunderts wurden im Teatro del Leone wieder Stücke aufgeführt und zu diesem Anlass entschloss man sich, die Lichtquellen zu modernisieren. – nur in dem Gang davor war gegeizt worden. Das einzige Licht hier war das restliche Tageslicht.

Nach etwa fünf Metern endete der Gang an einer weiteren Tür, die aus Holz war. Hier passte der zweite Schlüssel, ein großer goldener. Lunas Hände zitterten ein wenig, als die Tür nach innen aufglitt.

Als sie den Lichtschalter fand, flammte die Pracht des alten Theaters auf. Eine Treppe, die direkt aus dem Felsen geschlagen war, führte an einer Reihe von samtenen Bänken vorbei zu einer großen Bühne. Der Prunk des Römischen Reiches blitzte Luna aus allen Ecken und Winkeln entgegen; sogar die Decke ließ wissen, was für wohlhabende Genies ihre Erfinder waren. Mit Ölfarbe bemalt stellte sie einen bewölkten Himmel dar, über den sich ein goldenes Muster zog. An einigen Stellen blätterte die Farbe ab, doch vieles war erstaunlich gut erhalten.

Luna hatte noch nie ein Theater wie dieses gesehen. An den Wänden waren große Torbögen eingebaut, die mit einem schweren, roten Stoff zugezogen worden waren, um die Gemälde vor der Sonne zu schützen. Sie ließ den Blick schweifen und entdeckte dabei kunstvoll verzierte Säulen, welche die Decke abstützten und zugleich als Augenweide dienten. Egal wohin man sah – überall funkelte, blitzte und schimmerte die verstaubte Schönheit des Theaters. Es mochten wohl an die fünftausend Menschen hineingepasst haben.

Die obersten Reihen sahen dabei nicht mehr gar so prunkvoll aus: Die Sessel hatten sich in einfache Bänke verwandelt, an denen hier und da ein Kissen fehlte. Das waren die Plätze der Armen, die sich die besseren nicht leisten konnten oder wollten.

Langsam schritt Luna die Treppe hinunter und blieb auf halber Höhe stehen, um sich noch einmal umzuschauen. Dabei ließ die Begeisterung nach, mit der sie das Theater vorher noch betrachtet hatte. Es lag allerdings nicht an der Umgebung, die sah noch genauso aus wie vorher, sondern an dem eigentlichen Grund, weswegen sie den weiten Weg hier hinaufgegangen war.

Als Journalistin schrieb sie Artikel und Reportagen über alte Gebäude, vergangene Zeiten, die Römer und Griechen, das Aktuelle aus der Welt und einfach alles, was sich gerade finden ließ. Hauptsächlich schrieb sie aber über die alten Gebäude.

Schon lange wollte sie sich das einst so berühmte Teatro del Leone anschauen, welches sich auf der Spitze eines Hügels befand, direkt gegenüber des Vulkans Ätna.

Eine Stunde hatte es gedauert, um hier hinaufzugelangen. Den Weg, den die Leute damals benutzten, hatte sich die Natur zurückerobert und da die rebellischen Römer von damals friedlich unter der Erde ruhten, unternahm auch niemand etwas dagegen. So kamen nur hin und wieder neugierige Fotografen herauf und alle, die sich gerne als Entdecker fühlen.

Luna hingegen suchte nach alten Theaterdrehbüchern und Hinweisen, wie es hier damals zuging. Hatten sich die Menschen von Catania und alle anderen begeistert von den Plätzen erhoben und applaudiert? Welche Stücke wurden aufgeführt? Von wem wurde das Theater erbaut? Wer kam auf die Idee, in dieser Höhe diesen prachtvollen Saal zu errichten? Kurz gesagt: Was für eine Geschichte verbarg sich hinter dem Namen *Teatro del Leone*?

Das war also der Grund, weswegen Luna hier war. Die nächste halbe Stunde verbrachte sie damit, den Saal und die Nebenräume zu durchsuchen, aber nirgendwo fand sich etwas zu der Vergangenheit des Theaters. Es war, als würden die schweren

Mauern das Geheimnis bewahren und dabei amüsiert zusehen, wie Luna vergebens danach suchte.

Sie entschloss sich dazu, wieder in die Stadt zu gehen, auch wenn es zwei Stunden dauern würde; in der Dunkelheit wahrscheinlich noch länger. Als Luna jedoch die oberen Stufen erreichte, ließ sie sich stattdessen auf eine Bank fallen, um ein letztes Mal den imposanten Blick auf das Bauwerk zu genießen. Zum ersten Mal wurde ihr bewusst, was für eine beeindruckende Stille im Inneren des Theaters herrschte. Durch den offenen Gang konnte sie sehen, dass die Dämmerung schnell voranschritt. Schwach zeichneten sich in dem Zwielicht die vertrockneten Büsche und zerklüfteten Mauern ab.

Lunas Finger glitten über den samtigen Stoff der Bank, als sie sich wieder der Bühne zuwandte. Es schien, als würde das Theater nur darauf warten, dass die Schauspieler zurückkämen. Wie traurig es doch war, dass hier nicht mehr gespielt wurde! Aber warum nur? Was hatte Decio, der Schlüsselhüter, doch gleich erzählt? Er meinte, dass zwar niemand die Wahrheit über den sagenumwobenen Eröffnungsabend wusste, doch es gäbe einige Geschichten darüber. Wenn man diesen Glauben schenke, so soll der Architekt des Theaters, Flavius, einen zahmen Löwen besessen haben. Flavius Sohn, der Katzen über alles liebte, hatte dann die

Idee, daraus ein Theaterstück zu erfinden. Die Idee gefiel dem Vater so gut, dass er sie am nächsten Tag dem Erbauer und einigen anderen vorschlug, die zuerst skeptisch und dann doch begeistert waren. Die Eröffnung sollte etwas Besonderes sein, es sollte ein Stück aufgeführt werden, dass nie zuvor auf einer Bühne gespielt wurde: Sie wollten etwas vollkommen Neues erschaffen. Was auch immer das Ziel dieser Darbietung gewesen sein mochte, welcher Inhalt im Drehbuch gestanden hatte – der glanzvolle Abend schrieb tatsächlich Geschichte, doch es war keine schöne. Niemand wusste mehr, wie das eigentliche Stück ablief, da die Drehbücher kurz danach verbrannt wurden. Doch die Erinnerung an das tragische Ende ließ sich leider nicht so leicht aus dem Gedächtnis brennen: Der Löwe verwundete einige Schauspieler, ehe er von der Bühne sprang und direkt in die Zuschauer hineinlief. Während manche die restliche Szene mit lebhaften Worten beschrieben, über die Grausamkeit des Raubtiers, so verzichtete Decio schaudernd darauf.

Das Teatro del Leone hatte wirklich eine schreckliche Vergangenheit und auch wenn Luna nicht an der Wahrheit jener Geschichte zweifelte, so drängten sich ihr doch immer wieder einige Gedanken auf: Es war so viel Zeit seit dem ereignisvollen Abend vergangen, fast zweitausend Jahre, könnte es da nicht sein, dass am Ende alles ganz anders ablief? Vielleicht gab es gar keinen echten Löwen und das Schauspiel war nur brutal, wie die Zeit damals eben war. Es konnte doch ebenso gut sein, dass die Menschen sich vergebens vom Theater fernhielten, weil sie glaubten, dass der ganze Hügel noch unter den grausamen Augen des Löwen zittern würde. Um dem Aberglauben ein Ende zu setzten, wurde das Theater sogar renoviert. Doch es half nichts, die Leute hielten eisern an ihrer Meinung fest. »Es ist verflucht!«, sagten sie immer wieder. Damit war das Schicksal des Theaters besiegelt und die Türen wurden abgeschlossen.

Wie auch immer sich das alles damals auch zugetragen haben mochte: Luna war hier, um die Wahrheit über den Löwen herauszufinden. Weswegen aber nur, war dieses Vorhaben so schwer auszuführen? Luna hatte eine dunkle Vorahnung, als sie den Blick über die Bänke schweifen ließ. Wenn die Vergangenheit über diesen Ort so gut vertuscht wurde, dann war wohl mehr an den Geschichten dran. Viel mehr, als sich die frommen Einsiedler und Städter vielleicht vorstellen konnten. Dieser Gedanke war so grauenhaft, dass Luna es keine Sekunde länger mehr in diesem Saal aushielt. Sie sprang auf und wollte hinauslaufen, doch mitten in der Bewegung erstarrte sie. Hastig duckte sie sich hinter die Bank, bebend vor Angst und unwissend, was nun geschehen würde. Etwas würde geschehen, daran bestand kein Zweifel, ein zweiter Blick bestätigte es: Zu den Schatten draußen, hinter dem Eingang, hatte sich ein weiterer dazugesellt …

Es war eine Gestalt von auffallender Größe, mit breiten Schultern und einer stolzen Haltung. In traditioneller Kleidung, wie sie die römischen Wachen einst trugen, stand er im Eingang des Theaters und blickte zur Bühne hinab. Sein Gewand wehte in der leichten Briese, die den Staub im Saal aufwirbelte. Er drehte den Kopf ein wenig und entdeckte Luna. Seine dunklen Augen weiteten sich überrascht, während die Hand instinktiv näher zum Schwert rückte. Dann entspannte er sich etwas und kam mit festen Schritten herüber stolziert.

»Besucher!«, rief der Römer begeistert und blieb vor der Bankreihe stehen, in der Luna kauerte. »Es ist lange her, dass jemand diesen Saal betreten hat. Sag mir, welcher Zufall dich hierher führt.«

»Ich … wollte das Theater sehen«, sagte Luna immer noch fassungslos. Wenn sich jemand in diese Gegend hierher verirren würde, dann doch sicher nicht in römischer Kleidung, einer Rüstung mit dunkelrotem Umhang!

»Warum?«, verlangte der Mann zu wissen.

Er war ein Römer, er musste einfach einer sein, doch er schien nicht aus dem Rom zu kommen, dass im 21. Jahrhundert existierte. Während Luna darüber nachdachte, wiederholte ihr Gegenüber die Frage, diesmal schon ungeduldiger.

»Ich will die Wahrheit herausfinden«, erwiderte Luna hastig, »die Wahrheit über das Theater des Löwen.«

»Der Löwe!«, der Römer lachte, als hätte sie etwas besonders Dummes gesagt. »Es gibt schon seit einer Ewigkeit keine Vorstellungen mehr mit Libor.«

»Ist das der Name des Löwen?« Luna notierte sich etwas und stand auf.

»So ist es«, nickte der Römer stolz. »Ich bin übrigens Gratus, die Wache des Theaters.«

»Luna Silvestri«, stellte sich die Journalistin vor. »Aber es gab schon lange keine Vorstellungen mehr hier oben. Weshalb solltest du also das Theater bewachen?«

Gratus' Blick verfinsterte sich. »Glaubst du wirklich, du unwirsches Ding, dass all diese Pracht noch wäre, wenn ich nicht alle Eindringlinge fernhalten würde? Glaubst du wirklich, dass die Mauern unbeschmutzt von der modernen Zivilisation wären, wenn ich sie nicht bewachen würde? Sage mir schon, Luna, du unwissendes Mädchen, wie lautet deine Antwort?«

Eingeschüchtert von der grollenden Stimme trat sie einen Schritt zurück. »Nein, das glaube ich nicht«, meinte sie, »aber es ist … unlogisch.«

»Und weißt du was?«, Gratus grinste. »Es ist mir egal. Aber was mir *nicht* egal ist: Warum die *Wahrheit* über den Löwen? Heißt das, es wurde geschwindelt?«

»Die Leute aus Catania sagen«, fing Luna an und wurde sogleich von Gratus unterbrochen.

»Was haben die Leute schon zu sagen? Sie sind alle eh nur einer Meinung!«

»Sie sagen«, fuhr Luna unbeirrt fort, »dass in diesem Theater schreckliche Dinge passiert sind.«

»Was?«, echote der Römer. »Das Teatro del Leone und schreckliche Dinge? Wenn *ich* das gesagt hätte, würde Cäsar mich köpfen lassen!«

»Sie sagen, der Löwe habe einige Schauspieler ziemlich schlimm verwundet.«

Gratus fing an zu grinsen.

»Und danach ist er in die Zuschauerreihen gesprungen. Viele haben das Theater betreten, doch weniger haben es wieder verlassen.«

Das Grinsen verblasste. »Libor hat nie dergleichen getan«, rief Gratus und packte Lunas Arm. »Siehst du die Bänke?«, zischte er. »Siehst du all diese Herrlichkeit, mit der dieses Theater gebaut wurde? Es ist ungewöhnlich, aber es wurde in Zusammenarbeit von

Römern und Griechen errichtet. Mit Gold wurde nicht gespart, mit Stoff und Stein erst recht nicht. Es ist ein imposantes Bauwerk, das Theater, und das nicht zu Unrecht. Dieser Boden würde niemals mit einer Tat wie dieser befleckt werden. Dies ist nicht der richtige Ort dafür. Komm mit!«

Gratus schritt kurzerhand die Treppe hinunter und zerrte Luna dabei hinter sich her.

»Was soll das?«, ereiferte sich Luna und wehrte sich gegen die eiserne Hand.

»Du wolltest doch etwas über das Theater erfahren, oder nicht?« Gratus sprang die letzten Stufen hinunter und ließ sich auf einen der vordersten Plätze fallen.

»Setz dich«, forderte er Luna auf. »Sieh zur Bühne hinauf und hör zu. Jetzt will ich dir mal ein bisschen was über die Wahrheit erzählen ... Früher führte eine ordentliche Straße zum Theater. Pferdekutschen, Esel und Menschen strömten hier hinauf, die Gesichter waren erwartungsvoll und neugierig. Sie alle waren hier, um ihn zu sehen. Wenn sie in den Saal kamen, hielten sie Ausschau nach ihm und wenn sie von den Sitzen aufsprangen, riefen sie: *Libor, Libor, wo ist Libor?* Sie wollten den Löwen sehen, den stolzen Löwen, der mehr konnte, als nur eine Bestie zu sein. Und jetzt stell dir mal vor, Luna, die Bühne dort: Über dieses polierte Nussbaumholz klackten die Tatzen eines Raubtieres. Damals war es noch ein Marmorboden, gegen die Renovierung konnte ich leider nichts unternehmen. Hinter dem roten Vorhang hat er jedenfalls gewartet, das goldene Fell an die Wände geschmiegt, um sich abzukühlen. Es war die Aufgabe von unserem Löwenhüter Paciano, den Satz zu rufen, mit dem alles anfängt. *Vorhang auf!*, ruft also Paciano, zieht an der Kordel und der dunkelrote Vorhang gleitet beiseite. Noch ehe der Stoff aus dem Sichtfeld ist, erscheint der Löwe. Er tritt an den Rand der Bühne und die Menschen starren fasziniert zu ihm hinauf. Siehst du, genau dort. Seine bernsteinfarbenen Augen haben etwas Magisches an sich, das jeden erstarren lässt.«

Gratus verstummte in seinem Redefluss. Es schien, als würde er sich nach der vergangenen Vorstellung zurücksehnen.

»Es heißt: Wer dem Löwen in die Augen sieht, erblickt die Wahrheit. Deswegen können ihn manche nicht ansehen.«

»Aber warum nicht?«, wollte Luna wissen.

»Was wäre, wenn die armen Leute den Löwen sehen und erkennen, dass sie die schlechteste Karte im Spiel gezogen haben?«

»Warum gehen sie dann in die Vorstellung?«, konterte Luna. »Wenn sie die Wahrheit nicht ertragen können, warum …?«

»Weil es das einzige Stück weltweit ist, in dem ein echter Löwe mitspielt. Weil die Geschichte, in der Libor die Hauptrolle spielt, so wunderschön ist, dass jeder sie wenigstens einmal gesehen haben muss.«

»Auch Cäsar?«

»Cäsar wollte kommen«, erzählte Gratus, »und hat im letzten Moment die Reise nach Sizilien abgesagt. Nun, angeblich hat er nie die Zeit gefunden, um sich die Vorstellung anzusehen. Deswegen hat er kurzerhand die Schauspieler und den Löwen zu sich geholt.«

»Und dort sagt er nicht mehr die Wahrheit?«, scherzte Luna nervös.

»Natürlich tut er das!«, empörte sich Gratus. »Ich denke, er will … den Zuschauern den Spaß nicht gönnen. Er will nicht, dass irgendjemand die Wahrheit erfährt, wie auch immer diese aussehen mag. Oder dass auch nur der Gedanke existiert, dass es so etwas Unfassbares überhaupt gibt.«

Luna suchte wieder nach ihrem Notizblock, doch den hatte sie bei den Bänken oben liegenlassen. »Die Augen«, sagte sie, »die Augen des Löwen. Wieso kann man in ihnen die Wahrheit lesen?«

Gratus musste etwas länger über die Antwort nachdenken und schließlich musste er sich sogar eingestehen, dass er es nicht wusste. »Luna«, sagte er deswegen verschwörerisch, »willst du den Löwen sehen?«

»Ich denke, er ist bei Cäsar?«

Gratus' Gesicht verzog sich zu so etwas wie einem schiefen Lächeln. »Das ist er auch. Doch was würdest du sagen, wenn wir die Eröffnung des Theaters noch einmal erleben könnten?«

Luna starrte den Römer ungläubig an, doch als sie in seine dunklen Augen sah spürte sie, dass er es ernst meinte. Sehr ernst. »Ich würde nichts lieber sehen, als die Aufführung des Löwen Libor«, meinte sie aufrichtig.

Gratus atmete erleichtert aus und zog aus der Tasche seines Gewands eine Schriftrolle. Es war ein Stück Papyrus, auf dem etwas in Latein stand. »Und zieh dir ein ordentliches Gewand an«, fügte Gratus mit einem Anflug von Strenge hinzu.

»In Ordnung«, meinte Luna und konnte es immer noch nicht glauben.

»Dann bis morgen«, verabschiedete sich Gratus und stand auf. »Ich werde nach draußen gehen, bis mich die nächste Wache ablöst.«

Schweigend gingen sie nebeneinander her, Stufe um Stufe, bis sie durch den Eingang nach draußen gelangten. Diesmal war es Gratus, der die Türen sorgfältig abschloss. Er hatte ebenfalls einen Schlüssel. Es war schon tiefste Nacht, als sich Luna von dem Römer verabschiedete.

Während sie den Trampelpfad zur nächsten Häuseransammlung hinunter ging, betrachtete sie immer wieder im Mondlicht die Eintrittskarte. Mit einem Mal war die Wahrheit zum Greifen nah!

***

Sie werden mich für verrückt halten, dachte Luna, *sie werden sagen, die Journalistin ist vollkommen durchgedreht, wenn sie es nicht vorher schon war. Oder wer spaziert sonst in einem antiken Abendkleid zu einem verlassenen Theater?*

Der kleine Trampelpfad lag jedoch verlassen vor ihr und es wäre wohl an einem Sonntagabend auch niemand auf die Idee gekommen, hierher zu kommen. Selbst die Fotografen, die so etwas bekanntlich gerne taten, waren nirgends zu sehen.

Halb verdorrtes Gestrüpp, verbrannte Bäume und gelbes Gras wuchsen zu beiden Seiten. Manchmal lösten sich Eidechsen aus dem Geröll und flohen wie kleine Fische in alle möglichen Richtungen. Die Sonne warf lange Schatten über den Weg und in das Tal, es war ein sehr friedlicher Anblick, der sich Luna an diesem Abend bot. Der

Vulkan Ätna sah dabei gleichgültig und gelassen zu, diesmal ohne eine Rauchwolke in den Himmel zu stoßen.

Luna blickte an sich herab und kam sich in dieser Umgebung ziemlich fremd vor. Um Gratus nicht zu verärgern, hatte sie eine weiße Tunika angezogen und eine blaue Stola aus Seide umgebunden.

»Die Frauen haben damals bestimmt keine weiten Wanderungen auf sich genommen«, keuchte Luna und trat mit der Spitze ihres Wanderstiefels gegen einen Ast. »In Sandalen wären sie jedenfalls rückwärts den Berg runtergerutscht!«

Wenige Minuten später erreichte sie die Kuppe des Hügels, auf dem das imposante Bauwerk thronte. Wie schön doch schon allein nur die Mauern waren, die das alte Theater umgaben! So ordentlich übereinandergeschichtet, als wären die Römer erst gestern hiergewesen und hätten sie erbaut. Kein einziger Stein war zerbrochen, kein Grashalm wagte sich durch die Marmorplatten und kein Regen hätte sich getraut, die Fackeln zu löschen, die zahlreich an den Mauern hingen. Gestern noch hatte es hier anders ausgesehen, es war verwittert und alt gewesen, doch nun erstrahlte die alte Pracht des Theaters wie zu der Eröffnung vor über 2000 Jahren. Es war mehr als nur ein Wunder, musste sich

Luna eingestehen, es war so unglaublich, dass man es fast als unbegreiflich bezeichnen konnte.

Das Theater selbst zeigte sich von der Seite, der Eingang war um die Ecke und genau aus dieser Richtung waren Stimmen zu hören. Luna wechselte hastig die Schuhe und noch während sie kniete und die Wanderstiefel aufschnürte, näherten sich Schritte. Etwas Vertrautes hatte der dumpfe Klang, auch wenn Luna nicht gleich wusste, was es war. Sie verharrte in der Bewegung und sah langsam auf. Ihr Herz klopfte heftig, als sie die blechernen Stiefel des Römers erkannte, das lange Schwert, die Rüstung, den roten Umhang um die breiten Schultern und den Helm mit dem ebenfalls roten Helmbusch darauf: Es war Gratus.

»Wo ist Ihre Eintrittskarte, Signoria?«, fragte der Römer höflich, doch es lag etwas Drohendes in seiner Stimme.

»Die ist hier!« Luna lächelte verkrampft, während sie die kleine Karte aus ihrer Tasche zog.

Gratus warf nur einen kurzen Blick darauf und sein ernster Blick ging in ein Grinsen über. »Ich hätte dich fast nicht erkannt«, gab er zu. »Die Vorstellung beginnt erst in einer Stunde, aber viele sind schon heute Morgen angereist. Aus ganz Sizilien, Italien, Griechenland und vermutlich sogar ganz Europa! Alle wollen zu der Eröffnungsfeier und heute Abend werde ich sie ein zweites Mal erleben … und du zum ersten Mal.«

»Es ist unglaublich«, meinte Luna bedächtig.

Tatsächlich drangen viele verschiedene Sprachen um die Ecke, hauptsächlich Altgriechisch und Latein. Genauso musste es vor etwa 2000 Jahren gewesen sein!

Luna deutete ins Tal, in dem eine Stadt zu sehen war. »Ist das auch das alte Catania?«, fragte sie ehrfurchtsvoll.

»So ist es«, erwiderte Gratus zufrieden. »Das alte Catania, der alte Ätna rechts und das alte Taormina zu unserer Linken. Und natürlich das alte Teatro del Leone!«

Sie drehten sich um und blickten zu dem stolzen Theater empor. Es war hoch, bestimmt zwanzig Meter, und mit Säulen und Vorsprüngen geschmückt. Löwenstatuen standen auf den Mauern, belauerten sich gegenseitig, fauchten sich an und vertrugen sich. Egal wohin man sah: große und kleine Löwen, Löwinnen, Leoparden, Pumas, Tiger und allerlei Raubkatzen tummelten sich versteinert zu den Füßen des Theaters. Für einen Moment glaubte Luna, sich in Ägypten zu befinden, im Reich der Katzen.

»Das ist noch gar nichts«, meinte Gratus stolz, »Flavius, der Architekt, hat zur Frontseite einen

Brunnen errichten lassen. Den wird sich in zweitausend Jahren die Natur zurückholen, aber heute Abend ...«

Sie kamen um die Ecke. Ein riesiger Platz offenbarte sich, auf dem unglaublich viele Menschen herumliefen. In den unterschiedlichsten Sprachen redeten sie, riefen sich gegenseitig etwas zu und huschten zwischen den Kutschen umher. Stallburschen beruhigten die aufgeschreckten Tiere, führten sie an den Rand des Platzes und eilten wieder zur nächsten Kutsche, die gerade eintraf. Vor dem Eingang standen etwa zehn Wachen, die alles überblickten und sich über das herrliche Durcheinander amüsierten.

In der Mitte, gegenüber vom Eingang, stand der Brunnen, von dem Gratus gesprochen hatte. Auch hier tummelten sich die versteinerten Katzen. Auf einem grobgehauenen Felsen stand ein Löwe mit einer Löwin an seiner Seite. Ihr Fell war komplett vergoldet, nur die Augen bestanden aus Bernstein.

»Es ist fantastisch!«, rief Luna und lief zum Brunnen.

Das Wasser war türkisklar, ein Schwarm kleiner Fische schwamm im Eiltempo um den Felsen herum.

»Siehst du nun, was dies für ein prachtvoller Anblick ist?«, schwärmte Gratus. »All diese Menschen, für eine einzige Vorstellung! Sie wollen den Löwen sehen. Seit Wochen reden alle nur noch von Libor, dem großartigen Libor, in dessen Augen man die Wahrheit lesen kann. Ist es nur ein Gerücht, um die Leute anzulocken? Oder stimmt es gar? Ich prophezeie es dir, Luna, alle an diesem Abend werden sich das fragen und noch heute eine Antwort bekommen.«

Luna nickte nur, denn ihre Aufmerksamkeit wurde in diesem Moment von etwas anderem abgelenkt: Eine Kutsche fuhr auf den Platz, gezogen von vier muskulösen Schimmeln, die ununterbrochen wieherten. Ein Stallbursche wich erschrocken zurück, als eins der Pferde nach ihm schnappte.

»Ruhe jetzt!«, schnauzte der Kutscher und knallte mit der Peitsche. »Vertragt euch wieder!«

»Das sind bestimmt …« Gratus verstummte, da er es offenbar selber nicht wusste.

Kaum waren die Pferde tänzelnd zum Stehen gekommen, ging die Tür auf und ein Mann stolperte heraus. Ihm folgten zwei Frauen und noch ein weiterer Mann. Keiner von ihnen konnte die Neugier zügeln, wie aufgeregte Kinder deuteten sie immer wieder auf das Theater.

»Cassius und Fosco«, konnte Gratus nun seinen Satz beenden. »Die beiden Brüder aus Syrakus.«

»Und ihre beiden Frauen?«, vermutete Luna.

»Ja, aber ich habe keinen Schimmer, wie die heißen«, grinste Gratus. »Warten wir es ab. Fosco ist ein alter Freund von mir und wird sie uns sicher vorstellen.«

Nachdem alle ausgestiegen waren, kam der kleine Trupp tatsächlich langsam aber zielsicher auf Luna und Gratus zu.

»Gratus!«, rief einer der Brüder erfreut, »du bist also zur Wache hier hinauf versetzt worden? Was für eine Wahnsinnsaussicht! Was für ein unermessliches Glück, hier oben zu arbeiten!«

»Immer noch neidisch?«, frotzelte Gratus. »Na ja, wenn es dich beruhigt: Es war wirklich nicht einfach, hierher versetzt zu werden. Nicht jeder darf auf das Teatro aufpassen und nicht zu viele dürfen hier herumlaufen, um den Zuschauern nicht auf die Füße zu treten.«

»Und wieso bist du ausgewählt worden?«, fragte Luna neugierig.

Sofort richteten sich alle Blicke auf sie. Offenbar waren diese Leute Fremde nicht gewohnt und schon gar nicht in Verbindung mit Gratus.

»Luna Silvestri, ich komme auch aus Syrakus«, stellte sie sich vor. »Ich bin wie alle wegen dem Löwen hier und … nun ja, wer seid ihr?«

Die Brüder tauschten einen kurzen Blick, dann trat der eine vor.

»Ich bin Cassius Giordano und das sind mein Bruder Fosco, meine Frau Greta …« Er deutete auf die Frau in einer hellblauen Toga. Sie trug ihre schwarzen Haare zu einer aufwendigen Frisur mit Bändern geflochten.

»Sind wir die Letzten?«, erkundigte sich währenddessen Fosco und sah sich besorgt um. »Ich habe es ja gleich gesagt: Wir mieten uns die lahmsten Tiere und verpassen dafür die Vorstellung!«

Gratus konnte seine Freunde beruhigen. »Es sind noch längst nicht alle da«, meinte er und stellte sich auf die Zehenspitzen, um einen besseren Überblick zu bekommen.

Doch sogar Luna, die dem Römer gerade bis zur Schulter reichte, konnte die vielen Menschen sehen, die zu Fuß den Berg hinauf strömten. Sie keuchten, schubsten und stießen sich gegenseitig an. Wenn einer stolperte, liefen die anderen achtlos an ihm vorbei.

»Das sind die Armen«, stellte Gratus fest. Er schien froh darüber zu sein, nicht zu ihnen zu gehören.

»Siehst du, Fosco, wir hätten auch noch mehr sparen können«, grinste Cassius.

»Ist das hier das Ende der Welt?«, rief in diesem Augenblick einer herüber.

»Ja, herzlich willkommen!«, antwortete Fosco amüsiert. Und zu Gratus gewandt: »Tja, es war ein weiter Weg hierher. Wir können nach der Vorstellung ja noch lange genug reden. Zuerst muss ich den Löwen sehen und sicherstellen, dass niemand mir meinen Platz wegnimmt. Deswegen werden meine Frau und ich uns nun ins Teatro begeben.«

»Nur zu«, meine Gratus ein wenig enttäuscht. »Ich nehme an, du schließt dich dieser Meinung an, Cassius?«

»Ja, nichts für ungut«, entschuldigte sich Cassius' Frau mit einem charmanten Lächeln. »Vale, Gratus! Bis dann, Luna!«

Die vier beeilten sich, noch vor den Armen ins Theater zu kommen, was ihnen auch ganz knapp gelang. Währenddessen warteten Luna und Gratus die nächste Kutsche ab, die gerade um die Ecke bog. Diesmal kannte er die Wohlhabenden nicht, die ausstiegen, und so blieb es bei ein paar höflichen Worten.

Immer mehr Leute strömten ins Theater, immer mehr Kutschen hielten auf dem Platz und noch mehr aus dem Tal schleppten sich zu Fuß herauf. Es war ein buntes Treiben aus Arm und Reich, doch an diesem Abend strahlte aus allen Gesichtern die Vorfreude. Immer häufiger fiel das Wort *Libor* und je mehr Zeit verging, desto hektischer wurden die Menschen.

Der Letzte, der kam, war sogar so außer Atem, dass er nur wenige Worte herausbrachte. Es war ein Bauer, der die Plantagen bestellte, gutmütig und vielleicht etwas dickköpfig. »Bin … ich … zu spät?«, keuchte er und deutete nach Luft schnappend auf das Theater.

»Es geht so«, erwiderte Gratus freundlich. »Du bist der Letzte.«

»Prima!«, freute sich der Bauer und ging eilig zum Eingang.

Gratus wandte sich nun feierlich an Luna: »Die Vorstellung beginnt gleich. Gehen wir hinein, denn in wenigen Augenblick geht der Vorhang auf für den Löwen.«

***

Noch nie zuvor hat Luna so viele Menschen in einem Saal versammelt gesehen, es waren bestimmt an die 5000 Leute. Die Wände schienen von dem ununterbrochenen Flüstern zu beben. Ganz oben waren die Armen untergebracht, wie sie genannt wurden, danach kam die Mittelschicht und ganz unten, direkt vor der Bühne, saßen die reichen Leute.

Luna wusste nicht, wo ihr Platz war, und ließ sich deshalb von Gratus führen. Ihr Erstaunen wuchs mit jedem Schritt. Die Menschen trugen wallende Gewänder, je nach Herkunft anders gebunden oder mit Nadeln zusammengesteckt. Nur die Römer konnten schon nähen und unterschieden sich von den Griechen, indem sie ihre Kleidung nicht gar so freizügig trugen.

Je näher Luna der Bühne kam, desto öfter tauchten aus der Menge farbige Gewänder auf. Viele trugen in der Mittelschicht bereits Gürtel und Schmuck, ein weiteres Zeichen für Reichtum.

Merkwürdigerweise ging es auch hier vorbei und immer mehr näherte sich Luna den wohlhabenden Leuten. Hier gab es farbige Kleidung aus Seide oder Baumwolle im Überfluss. In Rot, Gelb und Blau leuchteten die Gewänder und ließen wissen, wie wohlhabend ihre Besitzer waren.

Was für eine packende Stimmung! Was für eine Aufregung, die in jeder Reihe herrschte und wie viele Blicke doch immer wieder den Saal absuchten! Es war seltsam zu wissen, gleich Zeuge einer der berühmtesten Vorstellungen der Welt zu werden und vielleicht einen Blick aus den goldenen Augen des Löwen zu erhaschen.

Der Löwe … Luna musste wieder an die Geschichte denken, die sich alle erzählten: Der Löwe, der während der Vorstellung ausrastete und ungebändigt in die vorderen Zuschauerreihen sprang.

Wenn es nun wahr ist?, dachte Luna.

Ihr Unbehagen wuchs, je näher Gratus sie zur Bühne brachte. Manche drehten die Köpfe, um zu sehen, wer als Letzter kam, dann vertieften sie sich wieder in ein Gespräch mit ihrem Sitznachbarn. Es ging natürlich um Libor. Mehr bekam Luna nicht mit.

Dann hatten sie das Ende der Treppe erreicht.

»Da vorne, dritter Platz von rechts«, sagte Gratus zu Luna. »Die Wachen müssen zurück auf ihren Posten«, er senkte die Stimme, »aber das Spektakel lasse ich mir natürlich nicht entgehen. Treue hin oder her …«

Noch ehe Luna etwas sagen konnte, war der Römer am Rande der Bühne im Schatten verschwunden.

Langsam ging sie zu dem genannten Platz, dem einzigen im ganzen Saal, der noch frei war, und setzte sich. Sie atmete tief durch und betrachtete die Bühne. Von hier aus hatte sie freie Sicht, ohne eine Stuhlreihe vor sich, und es war in der Tat ein imposanter Blick. Der dunkelrote Vorhang war noch zugezogen, nur ein Stück des Marmorbodens schaute darunter hervor. Der Rand der Bühne bestand aus kunstvollen Schnitzereien, die vergoldete Blätter darstellten.

Luna sah sich den restlichen Saal an, wandte den Kopf und machte sich ein Bild von der Pracht. An den Wänden hingen Fackeln und spendeten gerade so viel Licht, dass die unzähligen Menschen zu sehen waren. Ein Meer aus Köpfen erstreckte sich hinter ihr, Augen starrten ihr entgegen und durch sie hindurch.

Luna wandte sich wieder der Bühne zu, doch mit jedem Atemzug wurde der Saal dunkler und enger. Leise Harfenmusik drang hinter dem Vorhang hervor, eine muntere Melodie, von einer hellen Querflöte begleitet.

Während die Musik spielte, wurden die Leute offenbar immer schläfriger und verstummten immer mehr. Irgendwann spürte Luna einen spitzen Finger, der sich in ihre Schulter bohrte. Als sie sich umdrehte, blickte sie in Cassius' Gesicht.

»Für ein Schlaflied so viel Geld bezahlen, ist das nicht lustig?«, meinte er gähnend.

Luna stimmte ihm mit einem Nicken zu. »Kann schon sein«, meinte sie, »aber hast du den Löwen schon mal gesehen?«

Cassius sah sie entgeistert an. »Natürlich nicht!«, erwiderte er, »nur wenige haben ihn gesehen.«

»Und er kommt aus Afrika?«, erkundigte sich Luna.

»Und ob!«, meinte Cassius, »in ihm schlägt ein wildes Löwenherz.«

»Aber … ist er nicht gefährlich?«, fragte Luna beunruhigt. »Ich habe gehört, dass … ich meine, ein Löwe ist ein Raubtier. Er frisst Fleisch! Werden sie ihn im Käfig lassen?«

Cassius grinste breit. »Mädchen, du stellst Fragen. Lassen wir uns doch überraschen! Und wenn er uns zerfleischt, dann hatten wir vorher hoffentlich noch eine tolle Vorstellung.« Er lachte und erntete dafür von der hinteren Reihe ein paar böse Worte. Cassius seufzte daraufhin dramatisch. »Ist gut, ich werde für immer schweigen und mich grämen!«

Er lehnte sich zurück. In diesem Moment spielte eine Trompete einen Tusch und Luna wandte sich wieder der Bühne zu. Sie konnte spüren, wie die Nerven der Zuschauer zum Zerreißen gespannt waren. Die ganze Zeit über hatten sie auf diesen Augenblick gewartet und endlich war es so weit: Die Vorstellung begann.

Die Musik war schon verstummt, jetzt hörten die Menschen auf zu flüstern und dann, ganz unvermutet, ertönte in der Stille eine einfache Melodie. Mit den tiefen Tönen der Flöte ging der Vorhang auf.

***

Ein dunkler Wald offenbarte sich. Hohe Stämme von Erlen ragten in den Himmel, zu deren Füßen dichtes Moos wuchs. Erst auf den zweiten Blick erkannte Luna, dass es sich um ein riesiges Gemälde handelte, das im Hintergrund stand. Die Bühne selbst war mit einem grünen Stoff bedeckt. Im rechten Teil war die Silhouette einer Hütte zu sehen, vor der eine Bank stand, auf der ein alter Mann saß. Trotz des dunklen Waldes war es ein friedliches Bild. Der Mann wirkte so, als wären die Bäume sein Zuhause, als hätte er seine Kleider aus Rinde und Blättern gesponnen und das Licht der Sonne als Lächeln im Gesicht bewahrt. In den Händen hielt er eine Schriftrolle.

Mit einer langsamen Handbewegung schlug er es auf, blätterte die erste Seite um und hob den Kopf. Er sah niemand bestimmten an, doch seine Stimme war an jeden im Saal gerichtet:

»In einer dunklen Nacht durchquerte einst die Tochter eines wohlhabenden Mannes den Wald. Ihr Name war Isabella, ein gutes Mädchen mit einem reinen Herzen. Sie war auf dem Weg nach Hause. Woher sie kam, ist nicht weiter wichtig, denn ihre Geschichte nimmt erst jetzt ihren Lauf …«

Der Mann stand auf, die Schriftrolle noch immer in den Händen, und verschwand in der Hütte.

Im selben Augenblick ertönte Hufgeklapper aus der Ferne. Ein brauner Hengst kam schnaubend um die Ecke. Es waren zwei Menschen unter einem Kostüm, die auf dem Rücken eine junge Frau in edlen Gewändern trugen. Ihr dunkles Haar floss in langen, lockigen Strähnen über die Schulter und bebte im Takt der Schritte. Sie zog sanft an den Zügeln und *das Pferd* blieb widerwillig stehen »Wo bleibt Ihr nur, Adonis?«, sagte die Frau spöttisch zu ihrer Leibwache.

»Das arme Tier ist erschöpft«, erwiderte die Wache und tätschelte seinem Rappen den Hals.

»Ein Sturm zieht auf«, meinte er mit einem besorgten Blick nach oben. »Es war ein Fehler, noch an diesem Abend aufzubrechen.«

»So seht euch doch um und Ihr werdet sehen, dass Ihr euch täuscht«, meinte Isabella lächelnd. »Dieser Wald, er ist voller Gefahren …«

»Ihr braucht euch nicht zu sorgen«, meinte der Wächter stolz, »es ist mein Auftrag, euch zu beschützen.«

»Ihr versteht mich falsch. Ich fürchte mich nicht! Ganz im Gegenteil: Nur die Gefahren machen das Leben zu einem Abenteuer.« Isabella schwang sich von ihrem Pferd. »Seht nur, eine Hütte! Es sollte mich doch sehr wundern, wenn uns die Bewohner nicht freundlich empfangen würden.«

Adonis schüttelte den Kopf und murmelte etwas Unverständliches, doch dann stieg er ebenfalls ab.

»Lasst mich vorgehen«, bat er, »dann will ich es in Erfahrung bringen.«

Isabella trat beiseite. Sie streichelte die Nase des Pferdes, während sie zusah, wie ihr Beschützer heftig an die Tür klopfte.

Zuerst geschah nichts, doch dann ging die Tür auf und ein Mann trat ins Freie. Es war nicht der mit der Schriftrolle, dazu war er zu jung und außerdem trug er einen dunkelblauen Umhang.

»Ihr Römer habt nichts anderes im Kopf, als alle zu nerven, oder?«, fragte er gähnend.

»Ich bin Grieche, mein Guter«, erwiderte die Wache und bemühte sich, höflich zu bleiben.

»Was verschlägt Euch hierher?«, wollte der Mann aus der Hütte daraufhin wissen.

Im Inneren der Hütte bewegte sich eine alte Frau, die seine Mutter zu sein schien. Sie wusch gerade Teller in einem Blecheimer und trocknete sich die Hände an einem schmutzigen Lumpen ab. »Valor, wer ist da?«, rief sie nun neugierig.

Der Mann grinste kurz und sagte dann: »Nun, Ihr habt es gehört. Wer seid Ihr?«

»Erlaubt, dass ich es erkläre.« Isabella kam herüber. »Ich bin Isabella de Luca, Tochter des Händlers Enzo. Und das hier ist mein Begleiter, meine Wache.«

Augenblicklich hellte sich das Gesicht von Valor auf. »Die Reichen«, murmelte er etwas mitleidig. »Sie werden nie die Wahrheit erfahren.«

Isabella horchte auf. »Wovon redet Ihr?«

Die alte Frau war mittlerweile aufgestanden und zur Tür gekommen, wo sie sich an ihrem Sohn festhielt. »Er meint natürlich den Löwen«, erklärte sie mit leuchtenden Augen. »Es sieht so aus, als hättet ihr noch nie davon gehört.«

»Was hat ein Löwe mit der Wahrheit zu tun?«, gab Isabella zurück. »Erklärt mir das.«

»Es heißt«, meinte die Alte geheimnisvoll, »wer in die Augen des Löwen Libor blickt, sieht die Wahrheit. Nun, ich sehe, ihr seid beide neugierig geworden. Kommt doch herein. Valor und ich werden euch mehr darüber erzählen.«

***

Der Vorhang ging zu. Während die Bühne umgebaut wurde, erschien wieder der Erzähler mit seinem Papyrus. Neben ihm stand Isabella, doch ihr Blick war quer durch den Saal in die Ferne gerichtet.

»Es war das erste Mal, dass sie von Libor hörte und noch bevor Isabella Genaueres über ihn wuss-

te, träumte sie schon davon, ihm gegenüber zu treten und damit der Wahrheit ins Gesicht zu blicken.«

Der Erzähler trat von der Bühne, dann ging der
Vorhang auf. Isabella wandte sich um und blickte
wie alle anderen im Saal auf eine einfache aber
wohnlich eingerichtete Hütte. Ein Teppich aus ver-
filzter Wolle lag auf dem Boden, um ihn herum
standen Stühle auf wackligen Beinen. Die Alte, ihr
Sohn, Isabella und der Wächter Adonis setzten sich.

Dann fing die alte Frau an zu sprechen: »Vor gut
einem Jahr ist ein Löwe in Afrika in eine Falle ge-
tappt. Es war ein noch nicht ganz ausgewachsenes
Tier und die Menschen fanden Gefallen an ihm. Er
schien nicht so gefährlich wie die anderen Raubtie-
re zu sein, er war sogar sehr umgänglich. Kurz darauf hieß es, dass derjenige, der in die Augen des
Löwen sieht, die Wahrheit erblickt. Ob es stimmt,
weiß ich nicht. Die Afrikaner verkauften ihn jedenfalls für viel Geld. Libor, der Löwe, wanderte von
einem Besitzer zum nächsten, bis ein Römer na-
mens Ballint auf ihn aufmerksam wurde. Ballint
mochte das Tier sofort und taufte es auf den Namen
Libor.«

»Ballint?«, unterbrach der Wächter sie überrascht. »Der reiche Ballint, von dem niemand weiß,
wo er herkommt?«

»So ist es, mein Junge«, erwiderte die Alte.

»Er lebt auf dem Anwesen meines Vaters!«, rief Isabella nicht minder erstaunt. »Kein Wort hat er mir darüber gesagt! Wo will er den Löwen hinbringen lassen?«

Plötzlich trübten sich die Augen der Frau. »Er will Libor als Haustier halten. Bei sich zu Hause.«

»Aber das würde ja bedeuten …« Isabella beendete den Satz nicht.

Es würde wohl nicht schwer werden, den Löwen zu Gesicht zu bekommen.

»Ich weiß genau, was du denkst«, lachte die Alte, »doch mit der Wahrheit ist es nicht so einfach, wie du glaubst.«

»Es gibt einige Geschichte über den Löwen«, übernahm ihr Sohn Valor. »In den Augen der Katze soll man zwar die Wahrheit finden, doch es dürfen keine Gitterstäbe dazwischen sein. Wer es wirklich wissen will, muss sein Leben riskieren.«

Unbehaglich sah sich Isabella kurz im Raum um. »Aber es heißt doch, dass der Löwe nicht so gefährlich wie seinesgleichen ist«, widersprach sie. »Er sei umgänglicher, als die anderen Raubkatzen sagtet Ihr …«

»Dem möchte ich auch nichts entgegenstellen«, meinte die Frau, »doch bedenke, dass Libor in der Wildnis aufgewachsen ist. Er ist eine Raubkatze, die einst durch die Savanne lief. In ihm schlägt noch immer das Herz eines Wildtieres. In seinen Augen flackert ein Feuer, das in jedem Moment entzündet werden kann.«

»Es gibt angeblich viele Leute, die ihr Leben gelassen haben, um die Wahrheit des Löwen zu sehen«, warf Valor ein. »Seid nicht dumm, Isabella de Luca.«

Isabella erhob sich. »Wir werden sehen«, meinte sie mit einem unbestimmbaren Lächeln. »Wir werden morgen so früh wie möglich aufbrechen. Habt Dank für die Gastfreundschaft.«

Wie durch Geisterhand schloss sich der Vorhang.

***

Allgemeine Unruhe breitete sich im Saal aus.

»Wir wollen den Löwen sehen!«, riefen welche aus den hinteren Reihen. »Libor, Libor, Libor!«

Der Ruf setzte sich fort und ging über zur Mittelschicht, bis auch die Reichen im Chor den Namen des Löwen riefen.

Unter all dem Lärm war plötzlich eine einzelne Stimme zu hören: »*Vorhang auf!*« Es musste Paciano sein, von dem Gratus gesprochen hatte.

Der Vorhang ging wieder auf und bot einen Blick auf … nichts. Die Bühne war leer. Einige Sekunden verstrichen, die Rufe wurden leiser, bis auch die Letzten auf die Veränderung aufmerksam wurden.

Bevor die Enttäuschung überhandnahm, erklang ein Ächzen und Stöhnen hinter der Bühne. Besorgnis und Neugierde wuchsen, die Zuschauer reckten die Köpfe, um zu sehen, wie ein Käfig auf die Bühne geschoben wurde. Vier Römer mühten sich ab, das Ungetüm in die Mitte zu stellen. Nach getaner Arbeit traten sie erleichtert zurück und betrachteten das stolze Tier.

Hinter den Stäben schlief ein ausgewachsener Löwe, den Kopf auf die Vorderpfoten gebettet. Das Fell zuckte und manchmal bewegten sich auch die Pfoten unkontrolliert, als würde er über eine weite Steppe laufen.

»Sieht ihn euch nur an! Ist er nicht unglaublich?«

Die vier Männer zuckten genau wie alle anderen im Saal zusammen, als sie die Stimmer hörten.

»Er ist unglaublich! Was für ein seidenes Fell er doch hat! Und was für hübsche Augen … wenn er sie erst mal öffnet.«

Der Mann, der gesprochen hatte, betrat die Bühne. Über dem weißen Chiton, wie das Unterkleid der Griechen heißt, trug er einen roten Umhang. Ein geflochtenes Stirnband hielt die schwarze Lockenpracht davon ab, in sein rundliches Gesicht zu fallen.

Ehrfurchtsvoll fiel der Mann auf die Knie und streckte die Arme nach dem Käfig aus. »Oh, du fantastischer Libor! Mögen die Geschichten über dich wahr sein und ich werde reicher als irgendjemand sonst auf dieser Welt.«

»Mit Verlaub«, fragte eine der Wachen, »was habt Ihr vor?«

»Ich werde ihn zu Geld machen, zu purem Gold.« Bedächtig kroch der Mann auf allen vieren näher. Entzückt betrachtete er das zufriedene Gesicht der schlafenden Großkatze. »Habt ihr ihm schon in die Augen gesehen? Oh, sagt mir doch endlich: Ist es wahr, was man sich erzählt?«

»Er weicht jedem Blick aus«, erzählte der Römer, der gefragt hatte. »Die meiste Zeit hat er geschlafen oder wenigstens so getan. Also wenn das die stolzen Tiere Afrikas sind ...« Abschätzig trat er näher.

»Zurück!«, fauchte der Grieche. »Wage es ja nicht, in diesem Tonfall über Libor zu reden! Er ist eine Raubkatze wie keine andere und seine Augen sind legendär.«

Der Römer trat daraufhin respektvoll zurück. Er schien auf die nächsten Anweisungen zu warten, als eine Tür scheppernd zufiel und ein weiterer Mann die Bühne betrat.

»Enzo! Du bist zurück!«, rief dieser jubelnd, schlitterte halb über den Marmorboden und erschrak, als er den Löwen sah. »Bei Cäsar ... Da ist ja die Bestie schon!«, rief er aus.

»Ruhig!«, schnauzte Enzo.

In diesem Augenblick erwachte der Löwe. Libor hob den Kopf, doch schien keine Lust zu verspüren, sich mehr als nötig zu bewegen. Sein Blick schweifte nur kurz durch den Saal, doch alle schauderten unwillkürlich.

»Wer ist gekommen, Ballint?«, fragte Enzo unruhig.

»Deine Tochter«, erwiderte der Neuankömmling etwas leiser.

Er beäugte Libor misstrauisch, ging um den Käfig herum und versuchte, einen Blick aus den goldenen Augen zu erhaschen. Der Löwe selbst duldete es huldvoll, es schien ihn sogar zu amüsieren.

»Isabella ist zurück?« Erleichtert sprang Enzo auf, beruhigte sich wieder beim Anblick des Löwen und drehte sich dann um. Da seine Tochter noch nicht eingetroffen war, wandte er sich wieder Ballint zu. »Der Löwe gehört also immer noch dir?«, erkundigte er sich.

»Ja, mein eigenes kleines Kätzchen!«, freute sich Ballint. »Ich wollte schon immer eine Katze haben. Also vergiss das nicht«, fügte er mahnend hinzu.

Enzo lächelte wissend. »Er muss dich ein Vermögen gekostet haben.«

»Allerdings! Wenn der Zenturio nicht eine Schwäche für das Feilschen gehabt hätte, wäre ich jetzt pleite.«

»Hör zu«; sagte Enzo eindringlich, »ich gebe dir das Doppelte, was er dich gekostet hat, und Libor ist mein.«

Ballint wich jegliche Farbe aus dem Gesicht. »Du … willst mich um mein Haustier betrügen?«

»Ich gebe dir das Dreifache.«

»Und … Isabella?«

Enzo zögerte kurz, doch dann fiel sein Blick auf den Löwen. »Ob du Isabellas Zustimmung bekommst, weiß ich nicht«, meinte er widerwillig, »aber mein Wort hast du schon mal.«

»In Ordnung«, strahlte Ballint, »der Löwe gehört dir.«

Enzo zog eine Goldmünze aus seinem Gewand und überreichte sie feierlich. »Hier, als Anzahlung. Den Rest bekommst du später.«

Ballint steckte die Münze hastig ein und lachte. »Weißt du was? Du solltest dem Löwen ein Halsband umlegen!«

»Ja, das sollte ich vielleicht wirklich …«

In diesem Moment fiel wieder eine Tür zu und als Nächstes stürmte Isabella auf die Bühne. Sie ging eiligen Schrittes zu ihrem Vater und fiel in seine ausgebreiteten Arme.

»Oh sag doch, ist es wahr?«, fragte sie als Erstes. »Ist es wahr, dass der großartige Löwe in unserem Besitz ist? Also … in Ballints?«

»Ja und nein.« Stolz wandte sich Enzo dem Löwen zu. »Ich habe ihn Ballint für einen teuren Preis abgekauft. Ich möchte trotzdem, dass du von dem gefährlichen Tier Abstand hältst.«

»Aber Vater …«, protestierte Isabella.

Enzo verdrehte genervt die Augen. »Was denn? Hör wenigstens dieses eine Mal auf mich!«

Ballint hielt seinen großen Auftritt für gekommen. »Es ist schön, dass Ihr wieder da seid«, mischte er sich verlegen ein. »Eure Anwesenheit ist von großen Nöten, gerade wenn die Stimmung auf dem Meeresgrund …« Ein warnender Blick von Enzo ließ Ballint verstummen.

Enzo schüttelte mürrisch den Kopf und wandte sich wieder Libor zu. Er wollte von seinem neuen Besitz nicht länger ignoriert werden. »Wach auf und sieh mich an!«, verlange Enzo und rüttelte an den Gitterstäben.

Doch es half kein Flehen, der Löwe stellte sich weiterhin schlafend.

»Lass es mich versuchen!«, bat Ballint demütig.

Er legte sich flach auf den Boden, rutschte an den Käfig heran und versuchte es in seinem besten Latein. Als das nichts half, versuchte er es auf Griechisch.

»Glaubst du etwa, Libor ist ein Grieche?«, höhnte Enzo.

Ballint beachtete ihn nicht weiter und versuchte es mit einigen Worten, von denen er glaubte, dass es afrikanische seien. Libor interessierte sich jedoch herzlich wenig dafür. Das Kichern unter den Zuschauern und das offene Lachen von Enzo ließen Ballints Gesicht vor Wut rot anlaufen. Als letzten Akt der Verzweiflung fing er schließlich an zu maunzen. Wie ein winselndes Löwenjunges lag er vor dem Käfig.

Und als er so herzerweichend miaute, geschah es. Der Löwe hob den Kopf und sah ihn an. Es war, als würde die ganze Welt den Atem anhalten. Ein tiefes Schnurren drang aus der Kehle des Löwen.

Ballint rutschte noch näher heran, sodass seine lange Nase durch die Stäbe ragte, dabei maunzte er weiter. Plötzlich, von einer Sekunde zur anderen, änderte Libor jedoch seine Meinung und fing an zu knurren. Das Knurren reichte ihm aber noch nicht und so schoss sein riesiger Kopf vor, das Maul öffnete sich und klappte wieder zu.

Ballint schnellte wie eine Schlange zurück und starrte den Löwen heftig atmend an. Dieser hatte den Kopf wieder auf die Pfoten gelegt. Er schien genervt zu sein.

»Und?«, fragte Enzo gespannt, als nichts geschah.

Ballint starrte noch immer den Löwen an.

»Was hast du in den goldenen Augen gesehen?«, drängte Isabella. Sie rüttelte den Arm des Mannes, der nur langsam wieder zu sich kam.

»Nichts«, meinte er benommen. »Es ist alles nur eine Geschichte.«

»Was?«, rief Enzo enttäuscht. »Eine Geschichte? Ein ganz gewöhnliches Märchen? Wer denkt sich diesen ganzen Mist nur aus?«

Eine Flut aus Flüchen ergoss sich über die Zuschauer, die glücklicherweise durch Isabella gebremst wurde:

»Die alte Frau im Wald hat mir erzählt, dass keine Gitterstäbe dazwischen sein dürfen«, rief sie, um ihren wütenden Vater zu übertönen.

»Und wieso?«, fragte Enzo missmutig. »Wer denkt sich diesen Schwachsinn aus?«

»Wieso herrscht Cäsar über die Welt?«, entgegnete Isabella. »Das ist eine genauso unerklärliche Frage!«

Diesmal war es Ballint, der eine Antwort wusste: »Weil er listig ist!«

»Und das wollen wir auch sein«, sagte Isabella energisch. »Lasst den Löwen frei!«

Bei dem letzten Wort hob sich der Kopf der Großkatze und die goldenen Augen glänzten feucht. Ein heißeres Gurren drang aus seiner Kehle, es klang wie eine Zustimmung.

Doch niemand wollte den Käfig öffnen.

»Lasst ihn frei!«, wiederholte Isabella.

»Aber er wird dich und uns alle zerfleischen«, meinte Enzo unbehaglich. »Wir werden abwarten. Nur weil wir wissen, dass der Löwe die Wahrheit nicht hinter Gittern ausplaudert, wissen es die anderen nicht. Freunde, wir werden viel Geld mit ihm verdienen!«

Isabella war überrascht. »Wollt ihr allen Ernstes nicht die Wahrheit des Löwen wissen?«

»Nein, wollen wir nicht«, murmelte Ballint. »Oder sagen wir: Ohne mich.«

»Da stimme ich zu«, beeilte sich Enzo zu sagen. »Tochter: Ich verbiete dir, dich dem Löwen zu nähern. Wie ich dich kenne, würdest du den Käfig öffnen. Er wird ins Verließ gesperrt, dessen Tür ich gut bewachen lasse. Und jetzt lasst mich durch!«

Enzo ging von der Bühne, gefolgt von Ballint. Die Römer stellten sich um den Käfig des Löwen, der sich beruhigt hatte und wieder schlief. Isabella blieb fassungslos stehen.

In diesem Moment trat der Erzähler wieder auf die Bühne.

»Sie konnte nicht begreifen, was sie da sah. Niemand war daran interessiert, die Wahrheit herauszufinden, ob die Legende nun stimmte oder nicht. Genau das ... wurde aber zu Isabellas größtem und einzigen Verlangen ...«

Während die Bühne wieder umgebaut wurde, redeten alle im Saal aufgeregt über das, was sie eben
gesehen hatten. Alle waren begeistert darüber, dass
Libor so eine wunderbare Vorstellung bot. Es war
das erste Mal, dass ein Löwe überhaupt wie ein
Schauspieler im Theater auftrat und wer auch immer diese Idee gehabt haben mochte, durfte beim
Anblick der aufgewühlten Menge stolz sein.

»Vorhang auf!«, rief Paciano irgendwo hinter der
Bühne und der samtige Vorhang glitt beiseite.

Diesmal war es eine Parkbank, die im Dunkeln
stand. Plötzlich flammte eine Fackel auf und
Schritte näherten sich. Es waren Enzo und Ballint.
Ersterer hielt die Fackel in der Hand oder besser
gesagt: Er klammerte sich daran fest.

Sein Gesicht war besorgt, als er sich auf die
Bank setzte und vertrauensvoll an Ballint wandte:
»Mein guter Freund«, sagte er, »ich habe zwar vergessen, wie du unter meine Leute geraten bist, aber
ich weiß, dass du nicht einer der Dümmsten bist.
Sag mir, weshalb meine Tochter Isabella so un-
glücklich ist.«

Ballint schaute so, als hätte er mit dieser Frage
schon gerechnet. »Enzo, du bist fast schon so etwas

wie ein Bruder für mich, aber … es ist doch nicht schwer zu erraten, weswegen Isabella seit einem gewissen Tag kein Wort mehr sagt.«

Enzo seufzte schwer. »Ja, ich weiß«, gab er zu, »es ist der verdammte Löwe. Bei Cäsar, ich schwöre dir, dass ich ihn niemals gekauft hätte, wenn ich gewusst hätte, welche Folgen das hat!«

»Du hast ihn aber nun mal gekauft«, stellte Ballint unnötigerweise fest.

»Ich weiß, ich weiß!«, rief Enzo ungeduldig, »die Gier nach Reichtum ist daran schuld. Das Volk hat längst herausgefunden, dass der Löwe schweigt. Das Ganze war eine einzige Lüge, ein trauriger Reinfall!«

Ballint sah sich unwohl um. »Ein anderes Gerücht sagt …«

»Gerüchte, nichts als Gerüchte!«, grollte Enzo. »Wer denkt sich das aus? Wer? Ein altes, verhutzeltes Weib in einer Hütte! Es ist ein ganz gewöhnlicher Löwe. Schau ihn dir nur an! Er ist ein Biest …«

»Mag sein«, meinte Ballint, »aber wenn wir das Biest nie aus dem Käfig lassen …«

»Genug!« Energisch stand Enzo auf. »Du weißt, dass die Bestie dich umbringen würde.«

»Und was ist mit Isabella? Du wirst ja sehen, wie das alles endet. Sie spricht jetzt schon nicht mehr, weil sie in Gedanken bei Libor ist.«

»Beim Jupiter, niemand wird das Vieh überleben!« Zornig trat Enzo gegen die Bank und schwenkte die Fackel. Schmerzlich verzog er das Gesicht, als das Feuer seinem Gesicht zu nah kam. Er starrte Ballint durch die Flammen an, als hoffe er auf ein Wunder oder eine Idee.

Doch was sein Freund dann sagte, war schlimmer als alles andere: »Isabellas Traum zu erfüllen ist schon schwer. Es kann sie Kopf und Kragen kosten. Doch wenn du sie nicht zu Libor lässt, wird es vielleicht auf dasselbe hinauslaufen.«

Enzo verschlug es kurz die Sprache. Er senkte die Fackel und rief verzweifelt: »Dieser Löwe! Wer hat ihn nur der Wildnis beraubt? Wer?«

Er stützte sich müde gegen die Bank, das Gesicht abgewandt. Ballint setzte sich ebenfalls und nahm ihm die Fackel ab, die schon zur Hälfte abgebrannt war.

»Ballint?«, fragte Enzo dumpf. »Ich bin ein reicher Händler, Fantasie und Einfallsreichtum haben mich schon lange verlassen. Ich bitte dich: Kannst *du* dir etwas überlegen, um das Unheil von meiner geliebten Tochter abzuwenden?«

Ballint sank in sich zusammen. »Ich fürchte, es gibt nur einen Ausweg.«

»Nein, es gibt immer noch einen anderen Weg«, beharrte Enzo. »Und den wirst du finden. Ich überschütte dich mit Gold, wenn du meine Tochter vor dem Untergang bewahrst.«

»Und wenn nicht?«, fragte Ballint zaghaft.

Enzo seufzte. »Auch wenn jeder an meiner Stelle es machen würde … ich will dir nicht drohen. Zwing mich nicht, dir zu antworten. Aber versprichst du mir, dass du alles unternehmen wirst, um meine Isabella zu beschützen? Denk an unsere Vereinbarung, als ich dir den Löwen abgekauft habe.«

Ballint wandte sich ab, doch dann nickte er niedergeschlagen.

»Ist gut. Ich versuche es.«

Der Vorhang schloss sich.

***

In der nächsten Szene trat Ballint mit einem Strauß roter und weißer Rosen vor den Vorhang. Als wäre der Stoff eine Tür, klopfte er dagegen und tatsächlich bat ihn eine Frauenstimme herein. Der Vorhang ging auf und ermöglichte den Blick auf die junge Isabella, die in einem monströsen Sessel saß. Wie alle Griechen trug sie ein großes Tuch, das bis auf den Boden reichte und nur an der linken Schulter zusammengebunden war. Das Haar floss ihr wie eine dunkle Flut weich und ungezähmt über die Schultern. Sie spielte auf eine ganz wundersame Art auf einer kleinen Flöte, als Ballint den Raum betrat.

Isabella blickte auf und legte das Instrument beiseite. »Ballint, komm näher«, bat sie lächelnd.

Überrascht von so viel Herzlichkeit blieb Ballint genau dort stehen, wo er war.

»Mein Vater schickt dich, oder?«, fragte sie. »Oder kommst du wie immer von allein?«

»Beides«, meinte Ballint verlegen.

Er trat nun wirklich näher und hielt den Blumenstrauß vor sich, als wolle er sich dahinter verstecken. »Der hier ist jedenfalls nicht im Auftrag deines Vaters entstanden, sondern in meinem Namen«, gestand er.

»Ich danke dir«, sagte Isabella hastig. Sie nahm Ballint den Strauß ab und legte die Blumen auf die Armlehne des Sessels. »Hast du jemals einen Traum gehabt?«

»Nun …«

Isabella stand auf und nahm eine weiße Rose in die Hand. Sie ließ sich vom Duft verzaubern, schloss die Augen und atmete tief ein. »Kannst du dir vorstellen, was es heißt, der Wahrheit ins Gesicht zu blicken?«, fuhr sie fort. »Wir könnten Cäsar das Zepter aus der Hand reißen.«

»Du denkst, *das* ist die Wahrheit?«, rief Ballint überrascht. »Was versprichst du dir denn davon, wenn Cäsar weg ist? Es wird immer einen Herrscher geben. Wenn nicht er, dann ein anderer.«

»Auch wenn die Menschen die Wahrheit sehen würden?« Isabella nahm eine zweite weiße Rose und löste die Blütenblätter.

»Wie soll jeder Mensch dem Löwen in die Augen sehen können?«, konterte Ballint. »Es sind zu viele.«

»Je mehr Menschen, desto eher kann sich etwas ändern«, meinte Isabella. Sie warf die Blütenblätter in die Luft und sah zu, wie sie sanft zu Boden schwebten.

»Sei keine Närrin!«, widersprach Ballint und sah sich unbehaglich um.

Isabella löste die Kette von ihrem Hals, ein schwerer Rubinstein, der im dämmrigen Licht zu leuchten schien. Vorsichtig legte sie ihn in Ballints Hände. »Wirst du meinen Vater überreden, mich zum Löwen zu lassen?«

Ballint sank noch mehr in sich zusammen. »Er wird dich umbringen, ganz sicher wird er das«, seufzte er und betrachtete den Rubin. »Willst du wirklich für die Wahrheit sterben?«

»Der Löwe wird mir nichts tun«, meinte Isabella. »Er ist wütend, weil er im Käfig ist. Lasst ihn frei und seine Laune wird sich schlagartig ändern.«

»Und wenn es nicht so ist?«, wagte Ballint zu fragen. »Wenn Libor wie jeder andere Löwe ist?«

Isabella lächelte traurig. »Dann wissen wir wenigstens die Wahrheit.«

Für einen Moment rang Ballint noch mit sich, doch dann gab er sich geschlagen. »In Ordnung. Jemand wird dem Löwen gegenübertreten, doch das wirst nicht du sein … sondern ich.«

***

Die Begeisterung im Saal war groß, als in der nächsten Szene wieder der Löwe erschien. Er war zwar noch im Käfig, hinter Gittern, wie es so schön heißt, doch nicht mehr lange.

Ballint ging auf der Bühne auf und ab, bis er sich dazu entschloss, zum Käfig zu gehen. Er wirkte nicht wie ein Löwenbezwinger, ganz und gar nicht! Mit seinen kurzen Beinen konnte Ballint nicht besonders schnell laufen, durch die füllige Statur war er nicht sehr wendig und sein Blick verriet nichts von dem Mut, den die Helden aus der Antike bewiesen hatten. Kurz: Als er vor dem Käfig stand, war er bereits ein Bild des Elends.

Ohne ein Wort zu sagen, kniete er vor der Bestie nieder. Das Tier lag bequem da und putzte seine riesigen Vorderpfoten. Libor war in diese Tätigkeit so vertieft, dass er keine Notiz von Ballint nahm.

Dieser wiederum wurde von der Ignoranz des Löwen zunehmend gereizter. »Wirst du mich umbringen?«, fragte Ballint auffordernd. »Komm schon, rede mit mir! Wenn du mir etwas tust, wird Enzo dafür sorgen, dass es dir schlecht ergeht. Deine Zeit als wildes Raubtier ist vorbei, nun bist du in den Händen der Menschen.«

»Denkst du wirklich, das Tier gibt eine Antwort?«

Es war Enzo, der die Bühne betrat und lässig hinüberschlenderte.

»Oh, du bist es …«, murmelte Ballint und richtete sich wieder auf. »Auf den ersten Blick dachte ich, der Löwe ist arrogant. Schau nur, nicht eine Sekunde hört er auf, seine Pfoten zu schlecken. Widerlich! Er macht mich noch wahnsinnig! Aber wenn du genau hinschaust, hört er sehr wohl zu. Er weiß genau, worüber wir reden. Er ist klug – sehr klug.«

»Glaub ich nicht.« Enzo kniete sich ebenfalls hin, um den Löwen zu begutachten. Bis auf ein Zucken der Ohren reagierte Libor nicht. »Ballint«, sagte Enzo zögernd, »es ist zu gefährlich. Ich kann es nicht verantworten, dass du dein Leben wegen eines albernen Märchens riskierst. Die Tür bleibt zu, verstanden?«

»Aber was ist mit Isabella?«, wandte Ballint ein.

Enzo lachte leise. »Es gibt andere Wege, um sich das Herz eines Mädchens zu erkaufen.«

»Heißt es nicht *erobern*?«

»Mag schon sein.« Enzo stand auf und klatschte in die Hände. »Wachen!«

Fünf Wachen kamen im Gleichschritt auf die Bühne gelaufen. Sie blickten stur geradeaus, als würden sie ohne zu zögern jeden Befehl ausführen.

Enzo musterte sie abschätzend von oben bis unten. »Würdet ihr es mit dem Löwen aufnehmen wollen?«

Die Wache, die Enzo am nächsten stand, fragte respektvoll: »Wie meint Ihr, Herr?«

Enzo stöhnte gequält und verdrehte die Augen. »Seit Wochen reden wir von nichts anderem! Ist es wirklich so schwer, mir zu folgen? Also gut«, sagte er, »wie ist dein Name?«

»Carlo«, erwiderte die Wache brav.

»In Ordnung, Carlo.« Enzo sprach langsam, aber ungeduldig. »Also: Wenn ich den Löwen frei ließe … würdest du ihm gegenübertreten?«

»Ich würde es, aber ich sehe keinen Sinn darin.«

»Angeblich soll man in den Augen des Löwen die Wahrheit sehen können. Wo siehst du in dieser Aktion keinen Sinn?«

»Wozu wollt Ihr die Wahrheit sehen?«, sagte die Wache störrisch. »Ihr seid die letzten Jahre auch ohne ausgekommen.«

Enzo seufzte und winkte ab. »Vergessen wir das. Carlo, hol mir einfach meine Tochter. Bring mir Isabella!«

Die Wache nickte ungerührt, drehte sich um und ging von der Bühne. Kurz darauf kehrte Carlo zurück, an seiner Seite Isabella mit der Rubinkette.

Ihr blasses Gesicht war vor Aufregung gerötet, als sie zu ihrem Vater lief. »Ist es wahr?«, rief sie, »ihr wollt wirklich den Löwen freilassen?«

»Vermutlich«, erwiderte Enzo etwas unbeholfen. Er nahm die Hand seiner Tochter und führte sie die letzten Schritte zum Löwen.

»Oh, sieh ihn dir nur an!«, sagte Isabella begeistert. »Diese bernsteinfarbenen Augen! Das Fell und die Mähne; es gleicht einem Sonnenaufgang über Afrika! Sieh dir seine prachtvollen Pfoten an, Libor ist ein Ebenbild der Schönheit!«

Bei dieser Lobeshymne horchte Libor auf und widmete plötzlich seine gesamte Aufmerksamkeit Isabella.

»Seht doch, er ist klug«, meinte Isabella. »Nun lasst ihn frei!«

Enzo zuckte zusammen, als hätte er einen Schlag ins Gesicht erhalten. Er drehte sich zu Ballint und Carlo um, die hinter ihm standen. Es war nur ein kurzer Wortwechsel.

Plötzlich schrie eine der Wachen erschrocken auf. Es schien, als hätten sie alle geschlafen und würden nun aufwachen, als Isabella den Riegel des Käfigs beiseiteschob. Die eiserne Tür, die so lange verschlossen war, ging nun endlich auf. Als Libors Pranken den Boden außerhalb des Käfigs berührten, lief ein Beben durch seinen Körper. Das goldene Fell erzitterte, die Augen weiteten sich und ein tiefes Grollen drang aus seiner Kehle. Er machte noch einen Schritt, die Hinterpfoten standen nun auch jenseits des Käfigs, der Schwanz peitschte gegen die Stäbe und ließ ein dumpfes Geräusch erklingen. Mit einem Mal warf er den Kopf zurück und lief quer über die Bühne, als wäre dies sein sehnlichstes Verlangen. Die Tatzen klackten über den Boden und das Fell bewegte sich wie ein Meer aus Gold; er war so eine prachtvolle Erscheinung … diese fantastische Eleganz, mit der sich Libor fortbewegte, verschlug allen den Atem. Die Angst vor den messerscharfen Krallen des Tieres war vergessen, niemand dachte mehr an die unheilvollen Zähne.

Libor stellte sich an den Rand der Bühne, stieg auf die Hinterbeine wie ein Pferd, ruderte mit den Vorderpfoten durch die Luft und grollte etwas auf

Kätzisch. Seine Stimme klang, als hätte er lange geschwiegen und dabei verlernt zu sprechen. Die Bühne bebte, als die Vorderpfoten zurück auf den Boden fielen und seine Augen glänzten, als hätte er noch nie zuvor Freude verspürt. Er war frei, wenigstens für diesen Augenblick. Doch dann schien er sich an diejenigen zu erinnern, die ihn zuvor eingesperrt hatten …

***

Die bewaffneten Römer standen wie erstarrt an der Wand, unfähig sich zu rühren. Vermutlich hätte nicht einmal der strengste Befehl der Welt sie zum Leben erwecken können, so fasziniert und schockiert zugleich waren sie von dem Raubtier.

Libor bewegte sich zielstrebig auf die kleine Ansammlung zu. Isabella sah ihm mit einer Mischung aus Angst und Neugier entgegen, Ballint und Enzo hingegen erging es wie den Römern.

Schritt für Schritt kam das Raubtier näher, ein unbestimmbares Lächeln im Gesicht. Lächelte er wirklich oder fletschte er die Zähne? Niemand hätte es zu sagen gewusst.

Isabella sah ihren Augenblick gekommen. Sie ging dem Löwen entgegen, nur wenige Schritte, und kniete vor ihm nieder. Ihr Blick war auf den Boden gerichtet. Respektvoll und ängstlich wartete sie die Reaktion des Löwen ab.

Libor verharrte ebenfalls kurz, dann setzte er sich wieder in Bewegung.

Isabella hob den Kopf, als der Löwe dicht vor ihr stehenblieb. Sie blickte in sein Gesicht, das goldene Gesicht mit den goldenen Augen, umrundet von der prachtvollen Mähne. Und endlich sah sie es – sie blickte der Wahrheit ins Gesicht.

Wie gern wäre nun jeder im Saal an Isabellas Stelle gewesen, hätte gewusst, was sie sah und welche Wahrheit sich hinter den Augen des Löwen verbarg. Doch ihre Plätze waren auf den Stühlen des Theaters, niemals mochten sie erfahren, was Isabella in diesem Augenblick erfuhr. Offenbar sollte sie es auch nur für kurze Zeit wissen, denn plötzlich richtete sich Libor zu seiner vollen Größe auf und hob die rechte Pranke in die Luft.

Jeder im Saal konnte spüren, wie schnell das Herz des mutigen Mädchens schlug, als die Pfote des Löwen es niederdrückte. Nun lag sie auf dem Boden. Die Hände ins goldene Fell gegraben drehte sie den Kopf, um nicht in den Rachen des Tieres blicken zu müssen. Niemand konnte ertragen, welch schreckliches Ende blühte, doch noch bevor sie wegsehen konnten, geschah es: So sorgfältig wie Libor vorhin seine Pfoten geputzt hatte, tat er dies nun bei Isabella. Seine große Zunge fuhr über ihren Kopf und verfing sich in ihrem schwarzen Haar. Niemand konnte es glauben, doch alle atmeten erleichtert auf.

Als der Löwe sich wieder aufrichtete, erhob sich auch Isabella und streckte die Hand nach dem Fell aus. Ihre Finger verhakten sich in der goldenen Mähne, glitten über den dichten Pelz und spürten, wie der ganze Löwe schnurrend vibrierte.

Die Wachen, Ballint und Enzo sahen dabei ungläubig zu, doch sie waren nicht imstande, sich zu rühren oder gar einzumischen. Keiner wagte ein Wort zu sagen, einzig und allein das Schnurren des ungeheuren Tieres war zu hören.

Von einem Moment zum anderen stand Libor auf und ging auf die Zuschauer zu.

Isabella blieb sitzen und sah ihm hinterher, als sich plötzlich eine Hand auf ihre Schulter legte. Es war Ballint.

»Stimmt die Legende?«

Isabella antwortete mit einem Nicken. »Ja, es stimmt. Der Löwe sagt als einziger die Wahrheit.«

***

Selbst wenn Isabella noch mehr gesagt hätte, wäre es wohl niemandem mehr aufgefallen. Die Augen aller Zuschauer waren auf den Löwen gerichtet, der nun am Rande der Bühne saß und sie mit einem ruhigen Blick bedachte. Wer seinen Blick auffing, bekam denselben überraschten und verträumten Gesichtsausdruck wie Isabella, doch es waren so viele Menschen im Saal ... Nur wenige erfuhren die Wahrheit und obwohl Luna in der vordersten Reihe saß, ignorierte Libor sie. Die goldenen Augen des Löwen glitten über sie hinweg, ohne auch nur einen Teil der Wahrheit preiszugeben.

Sieh mich an, Libor, flehte Luna in Gedanken. *Sieh mich an, egal was du dafür verlangst!*

Der Gedanke, das Theater zu verlassen ohne auch nur eine Sekunde lang in die Augen des Löwen gesehen zu haben, wurde mit einem Mal unerträglich. Fast wäre sie aufgesprungen und hätte sich wie Ballint vor die Pfoten des Tieres geworfen. Es sollte jedoch nicht so kommen, denn noch ehe Luna ihre Gedanken in Taten umsetzen konnte, sprang Libor graziös von der Bühne. Erneut klang das dumpfe Röhren aus seiner Kehle, die ausgefahrenen Krallen kratzten dabei über den roten Teppich und hinterließen tiefe Furchen.

Mit einem Mal erinnerte sich Luna wieder an all die Geschichten über dieses Theater. Der Löwe sei damals erzürnt in die Zuschauermengen gesprungen und nicht viele hätten überlebt. Gerade diejenigen aus der vordersten Reihe ... In genau diesem Augenblick erwachte die Wildheit in Libor, genau wie Enzo es prophezeit hat. Der sanfte gutmütige Ausdruck wechselte zu einem unheimlichen Funkeln. Die Jagd auf Beute, der Kampf gegen die Menschen und andere Tiere – an all dies schien sich der Löwe wieder zu erinnern und als er darüber nachdachte, machte er seiner Wut Luft und grollte, wie noch nie ein Löwe zuvor gegrollt hatte.

Die Menschen aus den oberen Reihen verließen das Theater, vorsichtig, um den Löwen nicht noch mehr zu reizen. Die anderen wagten sich jedoch nicht zu rühren, außer zu den Wachen zu schielen. Tatsächlich war Gratus auf der Bühne erschienen, doch auch er schien nicht zu wissen, was er tun sollte. Niemand wagte sich an die Bestie heran.

Die Wachen vergaßen ihre Befehle und fürchteten um ihr eigenes Leben, als der Löwe sie herrisch anfauchte. Merkwürdigerweise blieben die meisten Zuschauer dennoch sitzen, als gehöre all dies zur Vorstellung.

Libor ging an der vordersten Reihe entlang, drehte sich grollend um, wenn ihm jemand zu nahe kam, und sah sich dann weiter die Menschen an. Schließlich war er fast bei Luna angelangt.

Es ist wahr, dachte Luna panisch, *der Eröffnungsabend gerät außer Kontrolle. Und ich bin ein Teil davon. Was mach ich nur? Beim Jupiter, was soll ich nur tun?*

Wie die Tiere haben auch Menschen einen Fluchtinstinkt und der siegte bei Luna. Sie lief an den Reihen vorbei, manche schlossen sich ihr ebenso verzweifelt an, doch das weckte nur den Instinkt des Löwen und er nahm die Verfolgung auf. Als Luna sich umdrehte, bemerkte sie aber, dass der Löwe all dies nur betrachtete, als wäre es ein Spiel. Ein Schauspiel. War vielleicht doch alles nur geplant? Sie warf Gratus einen Blick zu, der oben auf der Bühne stand und plötzlich wusste sie, dass es nicht so war: Auch der Römer sah erschrocken aus.

Während die anderen eine Seitentreppe zum Ausgang hinaufliefen, nahm Luna einen anderen Weg. Es war eine Treppe, die halb hinter einem Vorhang verborgen war. Sie lief die Stufen hinauf und fand sich auf der Bühne wieder. Enzo, Ballint und Isabella standen am Rand und hatten sich mit Schwertern bewaffnet. Mittlerweile waren mehr Wachen dazu gekommen, bereit zum Einschreiten.

Luna kam schlitternd zum Stehen und als sie sich umdrehte, wurde das schreckliche Gefühl zur

Gewissheit: Der Löwe war ihr gefolgt. Mit einem Mal verebbten die Stimmen, die durcheinander riefen. Ruhe kehrte ein, das seltsamste Schweigen, das wohl je auf der Welt geherrscht hatte.

Luna fiel vor dem Löwen auf die Knie. In Libors Augen trat mit einem Mal ein sanfter Schimmer, das Grollen verstummte und die Krallen verschwanden wieder in den Tatzen. Sein Atem ging schnell, er hechelte, doch das trug nur zu seiner prachtvollen Erscheinung bei. Er senkte den Kopf und zum ersten Mal war sein Blick auf sie gerichtet. Luna sah in die Augen des Löwen, die schönen, bernsteinfarbenen Augen mit den goldenen Sprenkeln, und endlich sah sie es.

Wenn es nicht vorher schon absolut still gewesen war, dann jetzt. Die Geräusche von außerhalb verstummten, die Gedanken hörten auf zu wispern und nur der eigene Herzschlag war zu spüren. In dieser wunderbaren Stille entstand der kostbare Blick in die Wahrheit. Es war die Wahrheit über Verrat und Betrug, Herrschaft und Macht, Freunde und Feinde; ein Moment, in dem die Welt still stand und all ihre Geheimnisse offenbarte. Die Geschichte der Menschheit lag offen wie ein aufgeschlagenes Buch und man brauchte nur in ihr zu lesen.

Es war nur ein kurzer Augenblick, dann blinzelte Libor und wandte sich ab. Als Luna nun so nahe vor ihm stand, fiel ihr auf, dass der Löwe ein Halsband trug. Es hatte dieselbe Farbe wie sein Fell und war relativ dünn, weswegen es von Weitem nicht zu sehen war.

Libor bemerkte den Blick und sah sie auffordernd an. Luna streckte vorsichtig die Hand aus und berührte das Fell. Es war so seidig, als würde pures Gold zwischen ihren Fingern zerfließen. Sie löste das Band und ließ es auf den Boden fallen. Das Geräusch war in der Stille so laut, dass alle zusammenzuckten. Mit einem Mal schien es, als würde der Löwe sich darüber freuen.

Libor dankte es, indem er wieder das tiefe Schnurren erklingen ließ. Damit wandte er sich von Luna ab und sprang von der Bühne. Alle Köpfe im Saal drehten sich um, als Libor die Treppe zum Eingang hinaufsprang. Wehmütig ließen die Menschen ihn gehen, niemand wagte es, ihn aufzuhalten.

Als der Löwe die oberste Stufe erreichte, drehte er sich noch einmal um. Das Orchester spielte auf, es klang wie eine kleine Siegermelodie, dann ging die Tür auf und gleißendes Licht fiel in den Saal. Wie Gratus am Abend zuvor, stand nun die Silhouette des Löwen dort. Es war Nacht gewesen, als sie das Theater betreten hatten, doch nun dämmerte der Morgen und in diesem Zwielicht verschwand Libor.

***

Die Vorstellung war vorbei. Der Vorhang schloss sich ein letztes Mal, das Orchester aus Harfe und verschiedenen Flöten spielte auf und alle erhoben sich wie berauscht von den Sitzen. Während der ganze Saal applaudierte, kamen die Schauspieler zurück auf die Bühne. Vor dem geschlossenen Vorhang standen sie alle: Ballint, Enzo, Isabella, Valor, die alte Frau aus der Hütte und auch die Wachen. Während sich der Applaus über sie ergoss, traten sie so beiseite, dass in der Mitte eine Lücke entstand. Der Vorhang bewegte sich und endlich trat der Held der Vorstellung dazu: der Löwe Libor. Zwischen Isabella und Ballint stand er, den Kopf würdevoll erhoben, und ließ sich von ihnen kraulen. Nichts von der Wildheit war mehr zu sehen, mit der er eben noch durch den Saal gelaufen war; niemand dachte mehr daran, wie gefährlich seine Krallen und Zähne waren. War es nun geplant gewesen? Ein Teil des Theaterstücks? Niemand wusste es. Die Einzigen, die eine Ahnung hatten, verschwanden gerade hinter dem roten Vorhang.

»War das nicht unglaublich?«, fing jemand in der zweiten Reihe an zu schwärmen. »Diese Bestie, dieser Gigant ... so ein freundliches Kätzchen!«

»Das war ein Kater«, kommentierte ein anderer, »und kein Kätzchen!«

Luna drehte sich um. Die Gesichter kamen ihr bekannt vor, doch ihr wollten partout keine Namen einfallen.

»Und wenn schon. Dieses goldene Fell! Ich wünschte, ich wäre selber ein Löwe.«

Der andere lachte. »Du sagst es, Fosco.«

Luna erinnerte sich, dass es sich um die beiden Brüder handelte, die sie vor dem Theater kennengelernt hatte.

»Schau mal, die Armen da oben!«, bemerkte Cassius gerade. »Die haben den Löwen bestimmt nicht so gut gesehen, wie wir hier unten. Und dann müssen sie auch noch mitten in der Nacht den Weg nach Catania finden. Man hätte wirklich ein paar Fackeln spendieren können.«

»Aber es ist doch schon Morgengrauen!«, klinkte sich Luna ein. »Als die Tür vorhin für Libor aufging, war es fast hell.«

Cassius lachte. »Das war nur ein Trick. Gratus hat mich eingeweiht.«

Die dritte Reihe leerte sich allmählich. Die Stimmung war ausgelassen. Jeder sprach von dem Löwen, jeder wollte behaupten, in die goldenen Augen gesehen zu haben. Luna stand ebenfalls auf und hörte den Gesprächen zu. Wie begeistert doch alle waren! Und noch immer strahlte der Saal in einem festlichen Glanz und keiner, der nicht selbst dabei war, würde glauben, was hier eben passiert war.

Vielleicht haben die Leute deswegen irgendwann gesagt, dass die Vorstellung außer Kontrolle geraten ist, dachte Luna, *weil die Wahrheit einfach zu unglaublich ist.*

Gratus sah zufrieden aus, als die Zuschauer an ihm vorbeiströmten und nickte erkennend, als er Luna sah. Er erneuerte seine abgebrannte Fackel, ehe er Luna auf die Westseite des Theaters führte. Es war tatsächlich noch dunkel, vermutlich noch nicht einmal Mitternacht. Die Stimmen waren nur noch wie ein leises Rauschen zu hören, zwischendurch ein helles Lachen und Pferdegewieher. Die Kutschen fuhren ab und brachten die Reichen zurück, währen die Armen am Rande hinterher kamen. Auf der Westseite gingen jedoch nur ein paar müde Wachen auf und ab, hielten die Fackeln im Blick und manche waren sogar schon eingeschlafen. In der Ferne war der Umriss des Ätna zu erahnen. Dunkler Rauch quoll aus seinem Haupt empor und verbreitete sich am Nachthimmel.

»Sieht so aus, als wirst du auch noch Zeuge einer Eruption«, grinste Gratus und deutete auf den Vulkan. »Doch du kannst unbesorgt sein, an diesem Abend ist er nicht ausgebrochen.«

»Du weißt genau, was danach noch alles passiert ist?«, fragte Luna überrascht. »Alles nach der Eröffnung des Theaters und wie Cäsar zu Fall kam?«

Gratus nickte unbeeindruckt. »Ja, aber das spielt keine Rolle. Jetzt hast du dem Löwen in die Augen gesehen und weißt, was von der ganzen Geschichte zu halten ist. Nun, wer hat dir die Eintrittskarte besorgt?« Gratus grinste. »Habe ich nicht ein Recht zu erfahren, was die Wahrheit ist?«

»Die Wahrheit«, echote Luna. »Ich weiß nicht, was ich dir alles sagen soll, Gratus.«

»Alles«, feixte der Römer.

Sie gab sich geschlagen: »Na gut. Wenn du wirklich alles weißt, was nach der Eröffnung passiert ist, dann ist dir Journalismus wohl auch ein Begriff?«

»Sicher«, nickte Gratus, »wir Römer sind nicht zurückgeblieben.«

»Gut, ich bin Journalistin. Ich schreibe Artikel über die Antike, über alte Gebäude der Römer und Griechen hier auf Sizilien und ganz Italien. Es gibt immer noch so viel zu Erzählen, es sind noch längst nicht alle Geheimnisse der Welt gelüftet. Aber ich gestehe, dass ich oft an der Wahrheit feilen muss, weil die wahren Geschichten einfach zu unglaubwürdig sind. Niemand würde mir glauben. Ich wäre eine Schwindlerin und dürfte nie wieder etwas über Theater und dergleichen schreiben.«

»Und der Löwe?«, hakte Gratus nach.

Luna sah zurück zum Theater, wo der Löwe noch irgendwo sein musste. »Libor«, sagte sie leise, »wollte unbedingt, dass ich die Wahrheit schreibe. Wenigstens dieses eine Mal soll ich die Wahrheit über das Theater des Löwen schreiben.«

»Und tust du's?«, fragte Gratus forsch.

»Habe ich etwa eine Wahl?«, erwiderte Luna und lachte.

Zufrieden über die Antwort sah Gratus zum Himmel hinauf, wo sich die Wolken auffallend schnell bewegten. Wie im Zeitraffer flogen sie über die Insel, am Boden huschten die Schatten hinterher.

»Sieh«, Gratus nickte zu den Wolken, »zweitausend Jahre geht es voran. Dort oben wandelt die Sonne von Ost nach West, unermüdlich seit einer Ewigkeit, und natürlich der impulsive Ätna, der seine Lava einst bis nach Catania schickte.«

Ein rasanter Wechsel durch die Zeit fand statt, das Theater wurde langsam von der Natur zurückerobert, Bäume verschwanden und neue wuchsen. Tag und Nacht wechselten sich ab, bis auf diese Art zweitausend Jahre vergangen waren. Ein letztes Mal wurde es dunkel und die Sternbilder wanderten über den Himmel, ehe die Sonne erschien.

Gratus ging mit Luna auf die Ostseite des Theaters, das trotz seines stolzen Alters noch schön anzuschauen war. Der Brunnen war tatsächlich verschwunden, unter Gestrüpp begraben und hinter Bäumen versteckt.

»Geh und schreib die Wahrheit über das Theater«, sagte Gratus und deutete auf den schmalen Pfad, über den einst die Zuschauer gekommen waren. Wie sehr hat sich doch alles verändert!

»Das werde ich«, erwiderte Luna und reichte dem Römer die Hand. »Danke für den Abend, ich werde ihn niemals vergessen.«

»Das wird keiner, der dabei war«, meinte Gratus und nickte. »Ein schrecklicher Gedanke, dass diese wunderbare Geschichte so verfälscht wurde. Nun, jetzt liegt es in deiner Hand und damit sage ich: Leb wohl.«

Mit diesen Worten wandte er sich ab und ging zu den Stufen, die zum Eingang führten, während Luna sich auf den Weg nach Catania machte. Was auch immer geschehen mochte, welche Wunder die Natur und der Vulkan Ätna noch parat hatten: Gratus würde wohl weiterhin hier oben stehen und dafür sorgen, dass dem Theater nichts geschah. *Teatro del Leone*, wie passend doch dieser Name war!

Die Morgensonne erwärmte das alte Gestein und verlieh ihm den goldenen Glanz eines Löwen. Wo mochte Libor wohl jetzt sein? Er hat seine Pfotenabdrücke in der Geschichte hinterlassen und viel-

leicht wird sich die Menschheit auch in 2000 Jahren noch an ihn erinnern. Etwas von dem Löwen
war noch hier, wenn es auch nur die Skulpturen
waren oder der Name des Theaters selbst.

Zeitfracht Medien GmbH
Ferdinand-Jühlke-Straße 7
99095 Erfurt, Deutschland
produktsicherheit@kolibri360.de